ひだまりが聴こえる

听见向阳之声

[日] 文乃千 著

二时顷 译

国文出版社
·北京·

Contents

序幕 —— 01
第一话 —— 05
第二话 —— 38
第三话 —— 72
第四话 —— 103
第五话 —— 138
番外·仍在半途 —— 174

【序幕】
不行啊，我们店只招女生。
求您通融一下，
我工作日也能出勤的。
兼职员工
招募!!
经验不限
要求女性（年满18岁）
周末可出勤者优先
时薪：850日元~
排班时间：7:00~14:00/14:00~21:00
工作日？你是学生吧，不用上课吗？
nanayan

你应该就是那个在富士见*打工的学生吧。
欸？
咖啡馆
紧张
你之前在那家店门口跟人吵架了吧。

* 富士见：本为地名，非特定品牌。此处应指街道上一家餐饮店名。

嗓门儿真大，这边都能听到了。
那是因为喝醉的客人先来找碴儿……
更早之前，你在来来轩*也卷入纷争了吧。
那是因为有人吃完饭不付账啦！

* 来来轩：日本知名连锁餐饮店，主打平价面食及小吃。

你一个劲儿地闹事，当然会被解雇啊。
这一带估计没有店家敢聘用你了。
啪啦
啪啦
啪啦
啪啦
事情姑且就是这样啦。
喀啦喀啦……
……

怎么回事！人人都把我当『害虫』看！
啊——
我既没有理想也没有钱。
肚子好饿……
咕噜噜噜
原本打算高中毕业之后就去工作的。
抓住
真是——怎么会这么不走运……
在班主任推荐下继续升学，不承想沦落到这般田地。
嘭
啊？
呜哇啊啊啊啊啊啊啊！

人一旦倒霉起来，走在路上都能跌落坡底。
咕咚
哎哟！
咝……
欸？
这里是……
哪儿？

【第一话】
NEW

嘎吱
呃……
啊……你好，打扰你了。
嘿嘿嘿！
抱歉我从上边滚了下来——
……
这小子在这种地方干什么呢？
嗯？
哦？
看着好香！
咕噜噜
我好想尝尝啊……
惊
咕噜咕噜
啊——

咔嗒
啧啧
欸？
什么？
我可以吃吗？
真的吗？
呜哇——这家伙人不错啊！
沙沙
我开动了……
嗯？
沙沙
喂，等等，
这个便当盒要怎么处理？
沙沙
喂——

……
……那家伙怎么回事啊？
沙
沙
啊——那是杉原吧。
他是和我们同一级的法学系学生。
专业不同，你怎么会认识他？
那家伙挺出名的啊。
你都不怎么来校上课，所以才不知道。
像他那样外表出众的帅哥，很受女孩子欢迎。
哇，华丽丽姐妹团把他围住了。

你看看这个。
咦？
笔记抄录员？
为了帮助因患有听力障碍而难以理解授课内容的学生，
请其他人帮忙记录下讲课内容，
就是这么一回事。
这是什么？
笔记抄录员
征集
寻找志愿参与的学生。
所谓笔记抄录员……
对象学生
杉原 航平
那家伙耳朵听不见吗？
这我不是很清楚。
你看，
他对面的人在打手语，
应该就是那样吧？
话说，你找他做什么？

不，就是从他那儿借了点东西。
跟他借？
还是别和他扯上关系比较好。
哈？
谢谢你告诉我这些，
那我先走了！
嗒
等等，太一！
我说了吧，那家伙长得显眼。
可是人很冷淡，不擅长交际，风评也不太好，
连前辈都不怎么正眼瞧呢。
嗒
嗒
你可别惹上麻烦啊。
嗒
嗒

沙
沙
哗
哗啦
呀啊啊啊！
扑通

啊——
树枝好可恶，
哎哟
净挡我的道。
啊！
找到了！
你果然在这里。
沙沙
哎呀，因为我不知道从哪儿上这儿来。
就按照之前那样办了。
你好——

我想尽快把它还给你。
翻
找
就是这个便当盒，
已经洗干净了。
谢谢你之前给的便当。
味道特别好！
我当时都快饿死了，多亏你帮忙。
虽然听说你口碑不好，
但是个性顽劣的家伙怎么会把饭菜让给别人呢。
嘿
所以我觉得——你肯定是个好人啊！

对了，
作为回报，
这个，
征集
找志愿参与
学生。
所谓笔记
抄录员……
是便当的回礼。
能交给我吗？
我没有钱，
只能暂时帮点忙……
愣住

啊。
对了，你听不到哦。
等我一下。
翻找
现在带着纸笔吗……
嘎吱
慢……
慢一点……
讲话……
我能听懂，你的……
什……

什么啊，原来你会说话啊。
怎么不早说呀，我还以为你没法说话呢！
太好了！本来还不知道怎么和你交谈。
那么，你能听到我的声音吧？
……那个，
能先告诉我，你的名字吗？

丁零零
哇！
太一竟然来上课了！
你还没找到兼职的工作吗？
嘻嘻，我现在就正在打工哦。
你在打工？
什么活儿？
笔记抄录员。
啥？
那不是志愿岗位吗？
啊——所以我本来只打算临时做一下，
他却说希望我能长期做。
每做一回笔记，我给你一份便当，这样行吗？
包在我身上！
握紧
就是这样。
嘿嘿…

厉害吧？这简直是理想的工作啊。
我终于也时来运转了啊！
你真的没问题吗……
没问题，就只是写写笔记啊，
小菜一碟！
我轻轻松松就能……
佐川同学。
……
晕乎乎
咚

这处笔记有遗漏。
啊……是那里。
……抱歉，我睡着了。
……
下次不会睡了！
真的！我发誓！
得把讲课内容全部记下来，真是相当困难啊。
……一般是由受过训练的人士两人搭档，交替来做的，
不过我能听见一半。
你只要记录重点就好了。
……
嗯？怎么了？
那是……

她是你的熟人吗？
……她是手语社团的大三学生，
邀请过我好几次。
……听障人士的听力水平各有差异，
啊——所以她会打手语，
我还没在现实生活里见过手语呢。
我也是。
咦？
很多人并不懂手语，
想当然地使用手语，会给他们带来困扰。
我不需要那个。
相对而言，还是读唇语更方便。
可是唇语更难吧？
不会啊。

只要经过训练，人人都能学会。
……不过，
有人说过你的声音很响亮吗？
啊——
我总是被人说嗓门儿大，讲话很吵呢。
对着佐川同学就没那个必要了。
啥？
是好事啊。
声音响亮，所以能够顺畅地传达。
所以和佐川同学交谈很容易，
也不用请你反复地讲。

……我说，
别再叫我『佐川同学』了吧？
欸？
听起来像是佐川快递似的，别这么叫啦。
总之，
就直接喊我名字好啦！
……明白了。
他确实很冷淡。
但我觉得，他其实是个很不错的人。

可他为什么总是独自一人，
待在这样的地方吃饭呢？
太一……
喊喊
太一……
喳喳
擦擦口水吧。
惊醒
啊！
老师呢？
喳喳
喊喊
早就下课啦。
糟了！

对不起！
我又在上课时睡着了！
事情就是这样！
我把便当忘在家里了……
咦？
今天没有便当了吗？
嗯……
幸好……
不是。
那我们去食堂吃点东西吧。
欸？
比出去吃便宜，
偶尔换个吃饭的地方也不错吧？

……
不愿意吗？
……不，倒也没有。
只是我不太去那里。
嘁嘁
喳喳
嘁嘁
哇——
喳喳
糟糕，都挑不出吃哪个了。
嗯——
……
喧闹
咦！

闪闪
杉原同学，
难得在食堂看见你。
你来吃午饭吗？
发光
闪光
来了——华丽丽姐妹团！
哎，我们一起吃好吗？
杉原同学一个人来的吧？
我们在那边留了空座。
我不配入她们的眼吗……
也罢
对啦，
今天社团有聚餐，要不要来？
嘁嘁
肯定会玩得很开心。
来嘛，来嘛——
喳喳
嘁嘁

我说——那个聚餐，我们也可以参加吗？
嘁嘁
喳喳
对吧？
多来点人会更尽兴吧？
等等，你们又不是社团成员。
杉原同学也不是吧？
啊？
转身
喂！
你要去哪儿？
哇！

被他无视了。
真让人火大。
连声招呼也不打，他以为自己是谁啊？
拜托，别说了。
人家又听不见！
就——是，
耳朵听不见真是可怜呢。
难道我们做了坏事？
『听不见』只是借口吧。
你凭什么这么说……
你们对帅哥的态度可真好呀——
你什么意思?!
嘁嘁
喳喳
都是笨蛋吗？
嘁嘁喳喳

你是为了这些家伙，
才独自待在那里的吗？
这样就再也不必见到谁。
烦死了，卖弄着自己的不幸，
博取他人同情，可别得意忘形——

——啊！
咣当

丁零零

啊——
哎——
又搞砸了。
他们真可恶！要是我被处分停学了该怎么办啊？
那些人舌根嚼个没完，逃得倒是很快！
最后我们还是没吃上午饭呢。
太一，

刚才……你为什么打他？
哈？
他们谈的是我的事吧。
风吹
和太一你无关，不用管啊。
反正我也听不到，没什么……
不是吗？
那也不能仗着别人听不见就口无遮拦啊！
风吹
你啊，一直都这样子吗？
听不见就说出来啊！
哪怕重复地询问别人，
为什么你要顾忌啊？

听不见并不是你的错啊！
我不过是说出了理所当然之事。

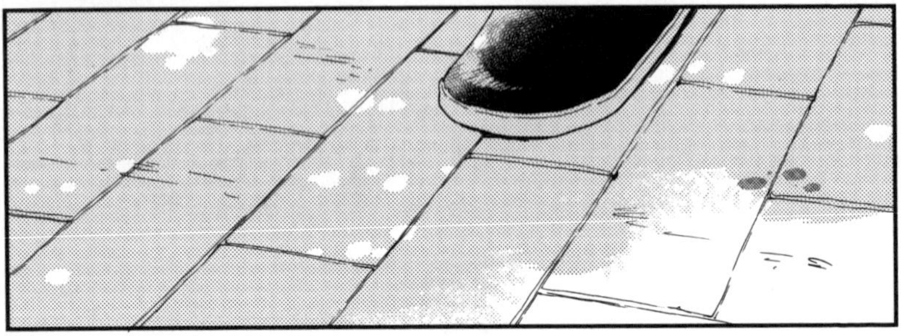

那时的你为什么哭了。

听 见

向 阳 之 声

I hear

the

sunspot

初三那年冬天，
我定下了升学的高中，随后突然晕倒，
发起高烧，整整一周卧床不起。
睁开双眼苏醒之际，时钟的声响也好，汽车的声响也好，全都消失了。
那天清晨格外静谧，

【第二话】
我深深记得那种彻骨的孤寂。

32
耳鼻咽喉科
这是突发性耳聋。
尚不确定病因是否为高烧，
距离发病已经过去两周，
照这样下去，听力很难恢复到原有水平。
我认为往后你有必要佩戴助听器，
你的想法呢？
你需要的话，这边可以提供补助，
要申请吗？

残疾人证……
所以说……那个，杉原你……
耳朵不太听得见是吗？

会担心上课听不清吗？
是的……
可不可以把我的座位移到教室前面呢？
我知道了。
真可怜啊，你也很不容易啊。
我并不觉得自己可怜。
1—B
嘁嘁
嘁嘁
喳喳
那个——在自我介绍之前，
我想告诉大家一件事。

杉原同学，他的听力有些障碍，
我只是不明白，
为什么人们总把我看作『可怜人』呢？
希望大家多留心帮助他。
而我自己又为什么会产生这样的念头？
哇——真的假的？
哇——
真好啊！
在聊什么呢？
这家伙啊——他姐姐是模特，
是个大美人。

你们眼光可真差。
她要是不瘦，就真的不符合我的审美。
胖乎乎的也挺好的嘛。
欸——那下次我们去你家玩吧！
我要去
我也要去——
……抱歉，你们在说什么？
啊？
真是麻烦啊——
算了，也不是什么要紧事。
杉——原——同——学，
拍拍
拍拍
我来帮你倒垃圾吧？

嗯？什么？
我——来——帮——你！
我自己来就行了……
好——啦，耳朵听不见很不方便吧？
……和这有什么关系？
这些说话又快、音调又高的人，我不太应付得来。
话说，英语课的……
如果注意力不集中，就更难听懂他们说的话。
希望你能讲得再慢一点。
杉原同学是感冒了吧？
嗯？
你是感冒了吧？
什么？
我说的是——
感——冒。

你的声音啊，鼻音很重，
听起来怪怪的。
今天你怎么这么安静？
我们好久没见了，应该多聊聊吧。
你耳朵里戴着什么？
是耳机吗？
……航平，你变得好没劲哦。

唇语讲
4级手语讲
那么，下个月再过来吧，辛苦你了。
我也要下楼，一起走吧。

手语……？
……那些人，耳朵也都听不见吗？
嗯？
不，他们是来这里考取资格证的。
听障人士一般会去专门的学校。
那些人是不会来这里的。
咦？
你不进来吗？
我也是『那些人』中的一员吗？
之所以心情郁结，
是因为窗帘的另一边并没有我的容身之地。

我已经回不去了……
你是听障几级？
我们会优先援助听力较弱的人士，
笔记抄录员一般需要你自行寻找。
为听障学生提供的援助
○笔记抄录
本单位将为重度听障者寻找匹配的志愿者，辅助课堂笔记抄录。相关技能也将通过讲座……
条件
级听障患者
我看了告示，
话说笔记抄录员是什么啊？
我家爷爷的耳朵也很不中用呢。
可太惨啦！
工资是多少？
我有写笔记提纲的经验，
上手要费些时间，不过我觉得自己还是能帮上忙的。
笔记资料可以用平板电脑发给你。

我把电子邮箱地址告诉你，
不明白的地方就问我吧，别客气。
我说，杉原同学，
那个，下周开始——
要不要和我一起去吃饭？
沙
沙
糟糕，下雨了。
……杂音
沙
沙
交错相混
淅
淅
纷纷扰扰而我无能为力。
沥
沥
杉原同学，来这边。

先到这里休息一下吧。
——原以为自己早已领悟，为何却
等等，杉原同学！
砰
你去哪里啊?!

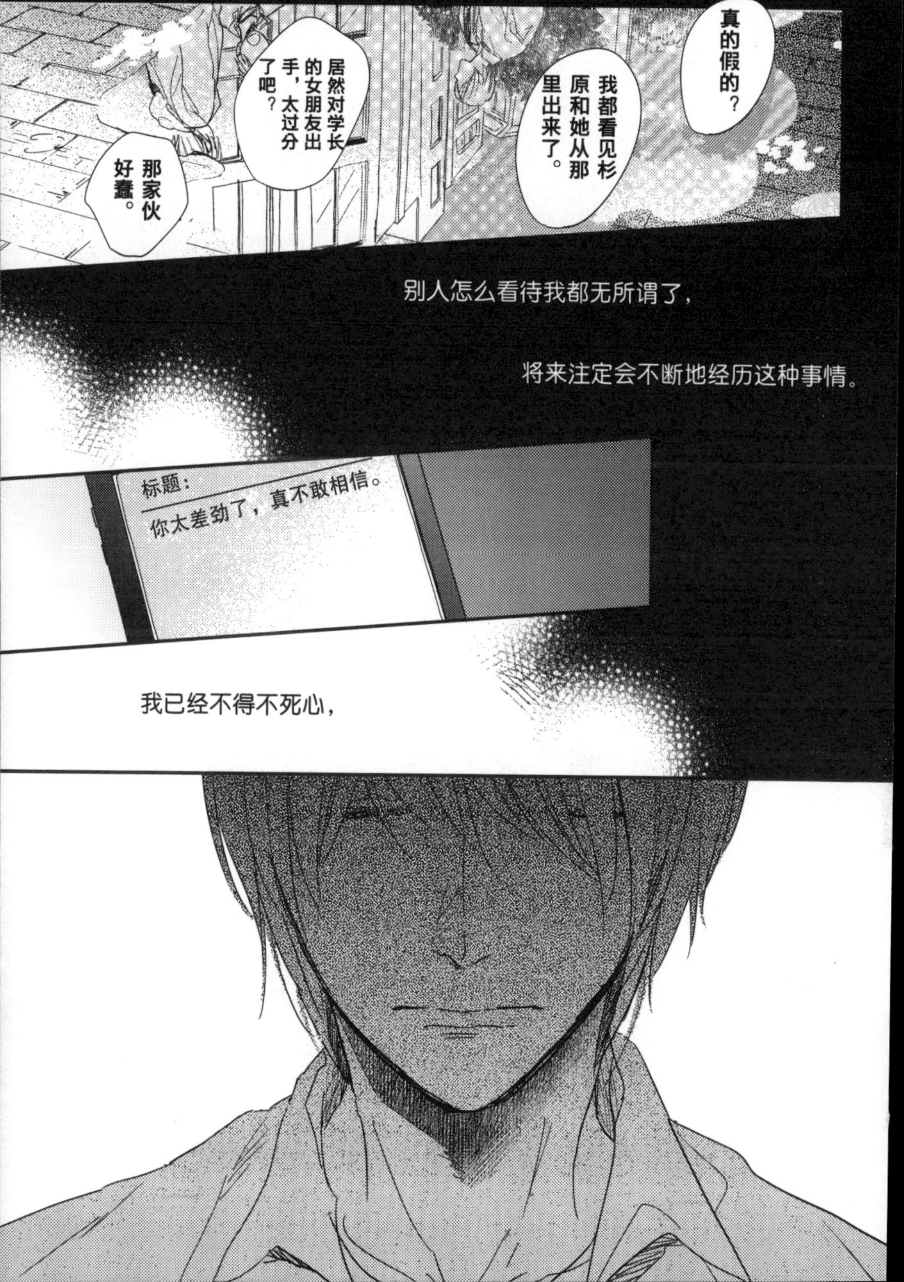

真的假的？
我都看见杉原和她从那里出来了。
居然对学长的女朋友出手，太过分了吧？
那家伙好蠢。
别人怎么看待我都无所谓了，
将来注定会不断地经历这种事情。
标题：
你太差劲了，真不敢相信。
我已经不得不死心，

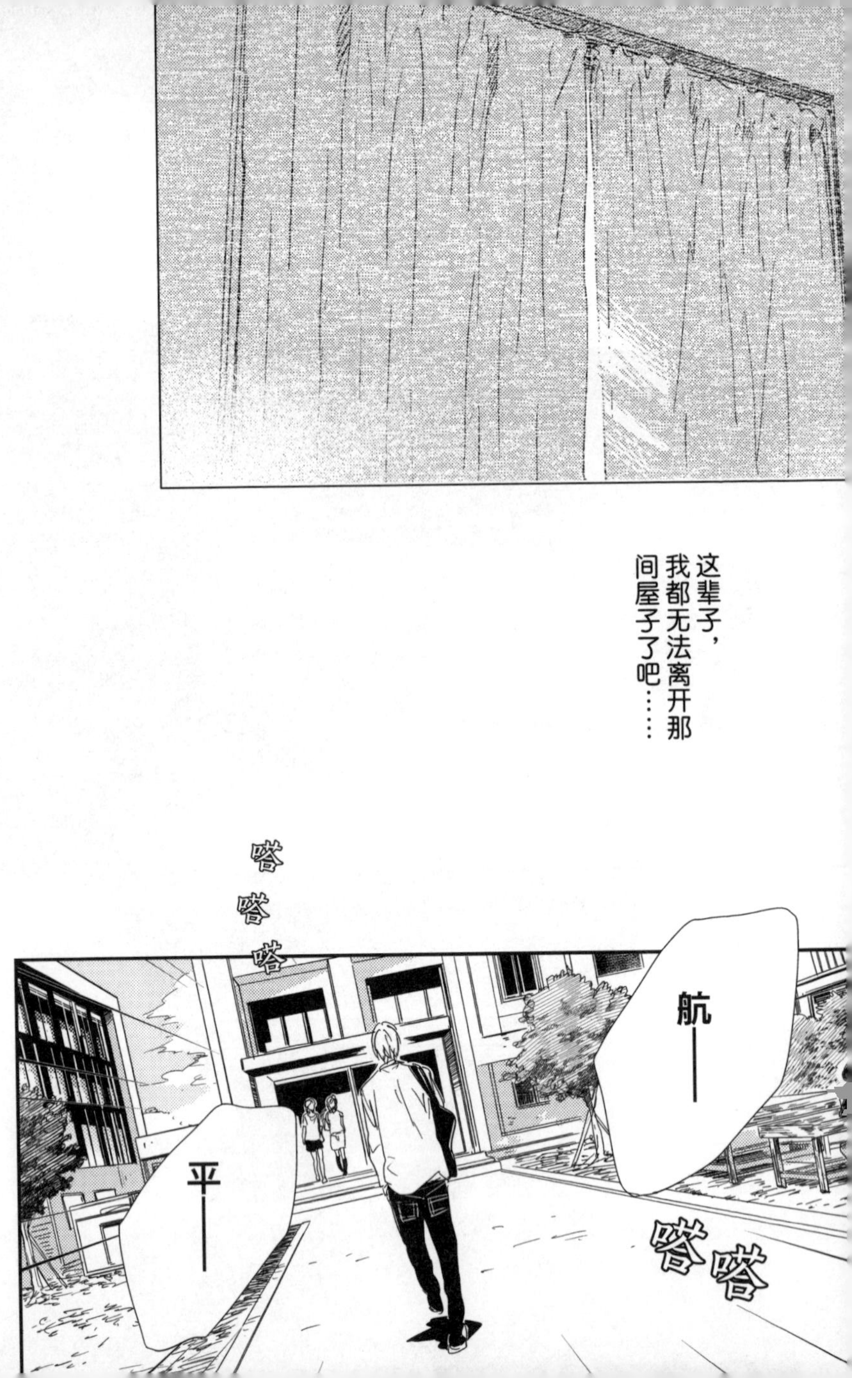
这辈子，我都无法离开那间屋子了吧……
嗒嗒嗒
航——
嗒嗒
平——

同学！
扑通
急着……做什么？
抱歉，没事吧？
因为我叫了你好几遍都没反应啊！
我听不清楚背后的声音……
是这样啊。
不好意思——那以后我就走到你面前再叫你了。
笨蛋……
话说回来——
今天的便当有什么菜？
傻笑

我已经饿扁啦！
太一他……
不久前突然从天而降（实际上是跌落）……
我在不经意间递给他的便当竟成了契机，
随后他就莫名其妙当上了我的笔记抄录员。
如果拜托女生帮忙会很麻烦……
我想交给他来做会比较妥当，然而……
……
一团乱麻～

这里的字迹根本看不懂啊……
哇——今天的饭也好香！
我开动啦！
你在听吗……
虽说他看起来就不像是擅长做笔记的样子，
但这活儿干得也太不行了……
可他吃得真是好香啊……
我觉得这人是个笨蛋。
给我饭吃的人肯定不是坏人。
当时，
哎呀——
太客气啦——
只因为一份便当，他太单纯了吧？
（其实他就是这么单纯。）

他果然很奇怪啊，
会向我这样的人搭话。
嗯~
好好吃……
感~~动
咦？
怎么了怎么了？
哈
不，只是在想，
便当竟然会把你感动成这样……

抱歉……
哇！
我第一次看见你笑的样子。
欸……
很少看你露出这种表情……
果然啊，
你笑起来，感觉好多了！

太一他
明明什么都
不了解，
咕隆隆
但为什么……

咕
隆
隆
……嗯？
这里是……
关门
糟糕，
今天的便当忘
记拿了……
轰
隆
隆
得下车了。
还有，
今天不用拜
托太一帮忙
写笔记了。
咕
咚
咕
咚

真可惜，难得碰上这样的好天气。
太……
啊。

是啊……
太一也属于『另一边』。

他生活在我无法企及的地方，
那里有他的同伴。
啊，哟——
航……

啥？
喂，航平……
哈哈哈——
好危险……
我大意了，
差点儿再一次产生期望。

……午饭，
买个面包吃吧。
太一是为了换取好处才搭理我的吧，
……难以下咽。
不然他根本没理由和我待在一起，
我很清楚这一点。
这样不对。

然而……
听不见并不是你的错啊！
即使如此，
我还是……

很高兴—
航平！
气
你这家伙！刚才在干吗啊！
明明都对上视线了，你居然无视我径自走开！
喘
吁
吁
太伤人了吧！

我今天没有带便当过来……
……咦？
为什么？
什么为什么？
你说啥？我又不是冲着便当来的！
别把人家当成巴甫洛夫的狗啊……
咕噜噜咕噜噜
都怪你提什么便当，
我现在觉得肚子饿死了。
咕噜咕噜
咕咕咕
咕噜
好不容易忍住的……
不好意思……
可恶！这肚子里的『馋虫』……
叫得吵死人了。
咕噜噜

……还没吃午饭的话，要不我们一起？
咦……但是我今天没带钱哦。
我来请客。
雀跃
什么？你是菩萨吗？
噗
你总是说得这么夸张……
我是说真的，你太大方啦！
怎么回事？是有什么喜事吗？
我也不知道呢。

听 见
向 阳 之 声

I hear
the
sunspot

嘁嘁
太一——
喳喳
太一，睡着了？
喳喳
嘁喳
已经下课了。
饿……
嘎吱
饿得没力气……
嘎吱
嗯？你说什么？
我好饿。
啊——好啦好啦。
嘁喳
最近航平

我开动啦——
不再排斥到其他地方吃饭了。
【第三话】

哇！
这不是汉堡肉吗……
你不爱吃？
怎么会不爱吃！我爱它爱到想和它结婚！
哇哦——
……太好了！
我一直很好奇——
便当都是你自己做的吗？
厨艺精湛啊！
怎么可能，菜是我妈做的。
她在厨艺教室里教人做菜。
真的啊？
在这儿呢，
太一！

嘿，小横。
我有点儿事想请你帮忙。
啥？
业余棒球赛？
我伯伯组了一支球队，这周日就要比赛了，但他们队里人手不够。
为什么非得找我去不可啊？
求求你了！那天我另有安排，去不了啊。
太一，你以前是棒球部的吧？
球赛不会占用你打工时间的！
我说啊，我在初一之后就没打过棒球了，
现在上场也发挥不好。
下次我请你吃烤肉。
知道了，交给我吧。

地点在驹户的……
——
——
你要是有空，也过来吧？
嗯？
啊，航平，
打过棒球吗？
嗯……只在体育课上打过……
够用啦。
喂，太一你……
帮手不是越多越好吗？
话是这么说，但是杉原……
既然是业余球赛，外行参加也没关系吧？
倒不是因为这个。
那个，
我还是不去了吧……
啊真是的——别再叽叽歪歪了，你跟我过去就是！
太

喂——
砰
砰
内山先生，今天请多多指教！
不好意思，因为我们人手不足，就请了几个帮手。
啊。
哪里哪里。
我们队里也缺人，我就叫了儿子和他的朋友过来。彼此彼此啊！
果然还是年轻人更有朝气啊！

他是之前食堂里那个学长。
闭嘴啊，一年级的！
可恶，这些家伙真让人火大。
当时你们亏欠我的，今天可得原样偿还！
气势汹汹
阿内！你这绝对是在立 flag……
有种你就过来啊，你们这帮弱鸡！
吐舌
果然年轻人就是活力满满呢，可真好啊。
哈哈哈
虽然听得不太清楚，感觉是小学生吵架水平……
砰

击中啦!!
呼
打得好！
喝彩
干得漂亮，佐川！
快回本垒！
耶——
内山家的小子，别紧张！
儿子，站起来！
大叔，能听我说句话吗？
什么事？
接下去让他来代打！
啥？

等等，太一……
好啦，你来都来了。少说也得挥一次球棒吧。
加油！
别担心，毕竟对手是那个学长啊。
这球肯定不难。
我全都听见了！
咻呼！
再怎么说我也不至于——
输给我吧！
砰
嘎吱

呼
赢啦赢啦！
总算没给叔叔丢脸！
太一，你大显身手了呢。
你不也打中球了吗？
那只是运气好……
后来还被对面捕到球了。
我都叫你别立flag了
没事，反正我们好好收拾了那家伙一顿。
不过我很久没打球，手感变得迟钝了呢。
……你说自己棒球打到初一为止，
为什么放弃了？
啊——那时我父母离婚了，
双方各自再婚，我就跟着爷爷生活。
家里原本就很穷，
我不想增加多余的开销，就不再打球了。

……抱歉。
没事，我已经放下了。
话说，今天你过得开心吗？
偶尔这样出来玩玩也不错吧！
原来你连运动都很擅长，
浑身上下充满了人气高的要素啊！
你说什么？什么要素？
高人气要素！
……不太明白。
但我应该没什么人气吧。
你啊……谦虚过头可就讨人厌了。
我说真的。
不会有人喜欢上真正的我。

怎么会？明明有很多人啊！
……没事。
只要自己重视的人能理解我，那就够了。

太一同学，
等一会儿我们要去聚餐——
啊——有人请客的话我就去！
那我回去了。
你不跟我们一起去吗？
嗯，算了……
这样啊，那学校见咯。
沙
沙

哔——
哔——
哔——
哔
中華飯店孫
来了，来了来了来了！
喂，喂！
啪嗒
喂，是太一吗？

小横，什么事？我正在打工呢……
上次真的太谢谢你帮忙啦！
我伯伯也很高兴！
啊是是是，那再好不过了。
你可别忘了请客吃烤肉。
啊——话说——
喂，烤肉呢……
美穗找我要了你的联系方式。
啥？
美穗是……
太一同学——
哦，是棒球赛上那个大叔的女儿？
对，她是我表妹。
……为什么？
不晓得，说不定是目睹你的英姿，春心萌动了吧？
心跳
你、你说什么呢？
你还当真啦？真是倒胃口。
你这家伙……
就是这样，后面就交给你啦，拜拜。
敲敲
等等，喂，小横……
……这都什么事啊。
门开
佐川在吗？

店、店长啊，
不好意思——现在有空吗？
怎么了？
下个月开始改成每周出勤一次？
为什么啊！我不是每周出勤四次的吗？
真是对不住——
有个熟人的女儿想来店里做短期兼职，
人家坚持要来，我拒绝不了啊。
对不起你啊——只在暑假这段时间。
震惊
怎么能……
我好不容易有机会多攒点钱。
哎，我也没办法啊。
沮——丧
果然职场里有女同事的话心情会愉快起来。
原来是因为这个……店长你……

哔——
真是的，又得找新的工作。
哔——
哔——
……
哔——
哔——
哔——
哔——
翻开
这次又有何贵干！
那个……是太一同学吗？
啊……美穗？
欸？
今天？
太一同学，这里这里。

你好……
抱歉，突然约你出来。
时间方便吗？
嗯，离我下一份兼职还早。
真的？那太好了——
我们先在这家咖啡厅喝点东西吧？
门开
门关
好多书啊——
这家店原先是书店，
气氛很棒吧。
招募店员
哦！
其实，
我今天找你是想问……
心跳

杉原同学的事情……
啥？
航平？
之前他来参加棒球赛，我觉得好帅啊！
但是没有机会问他要联系方式呢。
太一同学你和他关系很好吧？
原来是这么一回事啊——
小横这家伙！
抱歉，给你添麻烦了吗？
消沉
不……倒也没有。
他平时喜欢玩什么？
有什么爱好？喜欢什么东西？
这、这个……我不太了解。
你们是同一个系的吗？

不是……
那是同一个社团的吗？
也不……
我和他都没参加社团……
……
那你们是怎么认识的？
那个……是偶然结识的，
我现在当他的笔记抄录员。
笔记抄录员？
他的听力不太好，讲课有听不清楚的地方，
我就会帮他记笔记。
咦……
他耳朵听不见吗？
也不是完全听不见啦……
真的假的……
简直就像《摇铃的神明》男主角一样！
啥?!

那是一部爱情小说，女主角遇到了因车祸而失去听力的男性，
我超喜欢的！
哎呀——
啊啊——
为恋人全心奉献的女主角太惹人怜爱了！
那个……
好开心啊！
我一直很向往手语对话，
但至今还没有遇到过那样的人呢。
我也可以成为故事的主人公了吧？
妈，
能帮忙做明天的便当吗？
好的好的。
咚
咚
杉原
……那个，
咚
嗯？

我有事要拜托你……
咣当
他啊，
自己的事情从来不麻烦别人，
不会用手语交流，也不是完全听不见。
不要擅自和小说混为一谈啊！
何况，
这对你来说只是故事里的情节。

对他来说却是现实！
哈
……啊。
UNDERGROUND
对、对不起……
吁—
嘎吱嘎吱

窸窸
我回来啦。
窸窸
窣窣
爷爷——
窸窣
爷爷呢？
不在家吗？
嗯？
街道办
温泉旅行
什么嘛！
下拉
应该提前说一声啊……
静——
躺倒
啊——
今天这都什么事啊！

……为什么
我会说出那些话呢？
以为自己是谁啊？
我不过是想
逗他开心，

让他露出更多的笑容。
太一？
嘁嘁
嘁嘁
咦？
没事吧？
嘎吱
嘎吱
怎么了？你在走神。
没事没事，就是肚子有点儿饿了。
那，今天的便当是什么呢？
……啊。

汉堡肉。
……你说过喜欢吃。
球赛那天，我提早回家了，
这个当作赔礼。
不知道味道如何……
好吃！
好快！
超级——好吃啊！
你妈妈果然很会做饭哦，
味道直击我心。

太好啦！
我能誊一下笔记吗？
啊，给。

……上次我说过，
自己已经不在意父母的事了，
其实我曾经因为这件事被狠狠欺负过。
光是因为父母不在，就被当成笨蛋，
家里又穷，更加被人瞧不起，
我常常和别人吵得不可开交。
可是，每到我的生日，
平时不下厨的爷爷，
总会为我烤出一份黑得像炭的汉堡肉。

那时我就会觉得，
和爷爷生活在一起真好啊。
今天的汉堡肉，
和那时候的一样好吃。
谢谢你。

嗯？
你说什么？
惊
羞
红
没……
没什么。
嗯？
我说没什么！
抱歉啊，我听不清声音。
救命……这太尴尬了。

不是什么要紧事，别在意啦。
真麻烦啊——
……
是吗……
明明我只想要被自己重视的人理解就好。

【第四话】

石垣岛之行
说到暑假——还是要数
冲绳啊！
翻阅
不会很热吗……
热也没关系，岛上最棒了！
话说太一你要打工吧，在哪儿来着，中餐馆？
啊，那边行不通，我准备换个地方了。
咦，在哪里？
……
……是这种店？
BOOKCAFE
书咖
啪啦
……欸？
干吗！
有意见吗！
不是……就是有点意外……

知了——
之前偶然进了这家店，正好在招人。
不抱希望地问了问，他们竟然收了我。
知了——
嗯……
知了——
你和谁一起去的？
知了——
啥？
毕竟很难想象你一个人去这种店里啊。
说得好过分！
和谁一起去都无所谓吧！
怎么了？
差不多得了！
知了——
……太一，你最近……
知了——

吱
有点儿奇怪——
吱
耳鸣让我
吱
!
航平？
怎么了？
喂！
听不见
吱
吱
滋
航——
太一的声音——
跌落

喘
是梦……
冷风
暑假已经过去了一个月。
轰
隆

这几天，我都是在酷暑的热气中醒来。
轰—隆
轰—隆
啊——小航，
轰—隆
你终于起来啦！
都快到中午了。
轰—隆
轰—隆
虽然现在是假期，可你过得也太懒散了吧？
妈，你真有活力……
别老是闷在家里，出门玩玩吧？
轰—隆

你说什么？
你也偶尔出门走走吧？
我完全没听见。
轰隆
今天墨田那边要办庙会，
轰隆
找人一起去玩啊。
哐啷
就算你这么说……
我也没有能约出来的人啊。
他肯定在打工吧？
咣
放假之后就没联络过。

他很忙吧。
收信人：佐川太一
好久不见。
今天你有空吗？有个庙会，要一起去吗？
有没有好好吃饭呢……
我想见他……
阿航——
航平！
有空就过来帮忙。
嗯？
怎么了？
这是什么？
紫苏。
乡下亲人寄了好多过来，
我想在上课时用它。
这个能怎么用？
用处很多哦！
可以放到天妇罗、味噌烧肉、芝士年糕卷里。
总之先洗一下——
都是些油炸的菜啊……
翁——

发信人：佐川太一
庙会？！我去我去！我要到傍晚下班，那我们就在附近会合吧。
我想吃章鱼小丸子。
咦？
噗
真的吗？
这有点儿不得了啊——
怎么了？有好事情吗？
啊？
你满脸写着高兴，是谁发来的短信啊？
嗯……朋友，之前我提过的那个『贪吃鬼』。
啊——那个便当小子？

是那个吃饭很香的孩子啊？
我就喜欢那样的人，看着都开心。
吱吱
嗯……
……
怎么了？
有点儿耳鸣……最近常常这样。
咦——没事吗？
你有段时间没去医院了吧？
顺便去做个检查吧。

你的听力
下降了。
嗯？
毕竟你隔了很久才来检查。
听力是渐渐下降的，你自己感觉不到。
耳鸣估计也与此有关。
下周过来做个详细检查好吗？
那……那个，
我的听力……
会逐渐减弱吗？

……终有一天，
彻底听不见声音。
不排除这一可能。
不过一般人衰老时也会遭遇这种情况，
并非只出现在你身上。
现在你的助听器已经发挥了很大作用，
如果听力继续下降，也可以采用人工耳蜗*。
你的听力固然恢复不到常人水准，
但还是有路可走的，
所以不要把事情想得太糟糕，
心理压力才是最容易让听力恶化的。

* 通过手术将电极装置植入人体耳蜗内部，改善重度听障患者的听力。

当然，你要在这个为健全人而创造的社会里生活下去，
这也许才是最困难的事。
滴滴
嗒嗒
听力下降了，
以后就听不见……
如今我能听到的这些声音了。

时至今日
我所听到的这些声音——
咦？

杉原？
啊……
是太一的……
果然是你，我吓了一跳！
他叫什么名字……
那个……
你来做什么？
也是来探病吗？
我伯伯腰疼住院……
棒球赛……
记得吗……
抱歉，我听不清楚。
啊啊，没什么，
不好意思。

……再一次
你还是快点回去比较好，那家伙说不定也来了。
被美穗撞见就尴尬了。
……meisui？
咦？太一没告诉你吗？
其实啊……
滴答
滴答

沙沙
啊，下雨了。
啪嗒
啪嗒
看这样子可能会取消了。
佐川你今天要去庙会吧。
沙沙
发信人：佐川太一
我快下班了。
但是现在下雨了，
今天怎么办？
不知道你有没有察觉，

美穗她似乎很在意你
她说过想认识你，
还拜托太一帮忙牵线
我会等你
哔哔哔
那是放假之前的事情。
航平！

航平！
啪嗒
啪嗒
抱歉——来晚了。
啪嗒
……太一。
咔咔
你怎么站在这种地方！
应该找个地方躲雨啊。
噼里啪啦
你真是，都湿透了。
毛巾有点儿汗味，忍一下吧。
好、好了……
没好呢！笨蛋。
不然会感冒的。

雨这么大，庙会肯定会取消的。
吃不到章鱼小丸子了啊——
哎——没办法。
有多久
嗯？
没见到你了？
是啊，我们好久没见面了。
突然
明白了，
什么？
自己是多么想见到你。
啥？
原来你有这么想念我啊？

嗯，
没错。
……太一你啊，

香喷喷地吃着饭的样子，
让我很安心……
啥？
说什么呢？
如果你说了『好吃』，
我也会
莫名开心起来。
真不想
再也听不到
这句话……

吱
吱
航平……
……
航平？
太一他
喂！
仍会像往常一样地对我吗？
哪怕我什么也听不见……
还是会疏远我呢？
你没事吧？
明明已经决心放弃，

唯独这回我不想。
你打工的那家店……
你是和美穗一起去的吧？
咦？
这件事，之前你为什么瞒着我？
也、也没打算瞒着你……
话说你怎么会知道美穗的事啊？

球赛的时候我也在。
话是这么说，
但你怎么突然提起这个？
莫非……
你对她有兴趣吗？
有啊，
他们两个聊了什么。
所以帮我介绍吧。
太一他又是怎么想的。
太一。

我不要。
虽然
很对不住你，
但我办不到。

抱歉……
哗
哗
他的声音遥远
而喑哑，
哗
哗
哗
融入雨中，渐渐消散……
先生，
杉原先生？

没事吧？
那就进行下一项检测了。
下面我将间歇地播放音乐，
请你在听到声音时按住按钮，
听不到时再松开。
检测开始。
叮

航平

致太一
咚咚咚
抱歉，一直没有回复你。
喘气
太一——
你看见航平那家伙了吗？
怎么了？你脸色都变了。
杉原？不清楚啊。

看见他就马上通知我。
好的……咦？出什么事了吗？
嗒嗒嗒
航平，你到哪里去了啊！
咋回事啊……
那家伙……
咚
咚
咚
我并没有生你的气，
这短信是什么意思？
反倒非常感谢你。
我并没有生你的气，
反倒非常感谢你。
你已经帮了我很大的忙，
我不想继续给你添麻烦。
我根本搞不懂啊！
你已经帮了我很大的忙，
我不想继续给你添麻烦。
好的，病历也确认过了，
你能早点找到就好了。

我会拜托别人来写笔记，
一直以来都在勉强你，对不起。
再见。

听 见
向 阳 之 声

I hear
the
sunspot

咚
咚
咚
咚
嘁嘁
喳
喳
丁零零
沙沙
沙沙
嘈杂
喧闹

【第五话】

为什么……
今天也没有来……
你说杉原？
那家伙已经一周没来上课了！
嘭
人家是在躲着你吧？
你做了什么惹他讨厌的事吗？
我什么也没干啊！
真搞不懂。
不过我之前和他聊了聊，
那家伙本来就不好相处吧。

竟然还挺好说话的？
你什么时候和他……
嗯？暑假结束前几天偶然遇到他，
把美穗拜托你的事……
你把美穗的事告诉他了啊！
啊啊啊啊——
揪住
你干吗，很痛啊！
我说，你要找他的话去他家不就好了？
不知道他的住址啊。
喀喀喀
他家不是开厨艺教室的吗？
搜索一下就能找到啊。
杉原烹饪教室

是这里吗……
好大的房子……
哇——感觉好紧张……
咦？
惊吓
您是哪位？
您来报名上课吗？
不好意思，今天教室休息。
嗯？

哎哟，真不好意思，
还没有航平的朋友来过我们家呢，
想当然地以为你是学生。
男性来厨艺教室学习很少见呢，
啊，随便坐。
是……
航平好歹提前说一声嘛，
不好意思，只能用这些招待你。
没有，是我自作主张过来的，
多有打扰。
没事，别客气，吃吧。
啜
好吃！
感——动
哎呀！
真的？谢谢——

啊，你就是便当小子吧？
航平经常提起你哦，说你吃饭很香。
真的呢——光是看着就让人高兴。
那个，航平……
啊，对了，
他不在家里，去医院了。
医院？
他受伤了吗？
不是，是因为耳朵，
听力又稍微下降了些。
最近一周他都往返于医院，做检查、打点滴。
住院会比较方便，但他不愿意。

吱呦
抱歉啊，让你等了这么久，
他应该快要回来了。
不，我也要去打工了，
谢谢您的蛋糕。
那个，
可以托你帮忙照顾航平吗？
他有点儿内向，不爱说话，待人又冷淡，
真的是很难搞的性格。
但我觉得他好像很重视你。

他知道你喜欢吃汉堡肉之后，
少见地提出了请求。
他居然还要我『做得好吃一点』，
所以我就让他自己动手了。
太滑稽了——他明明没做过菜，却一本正经。
他一定很想听到你说『好吃』吧。
真不想
再也听不到
这句话……
门开

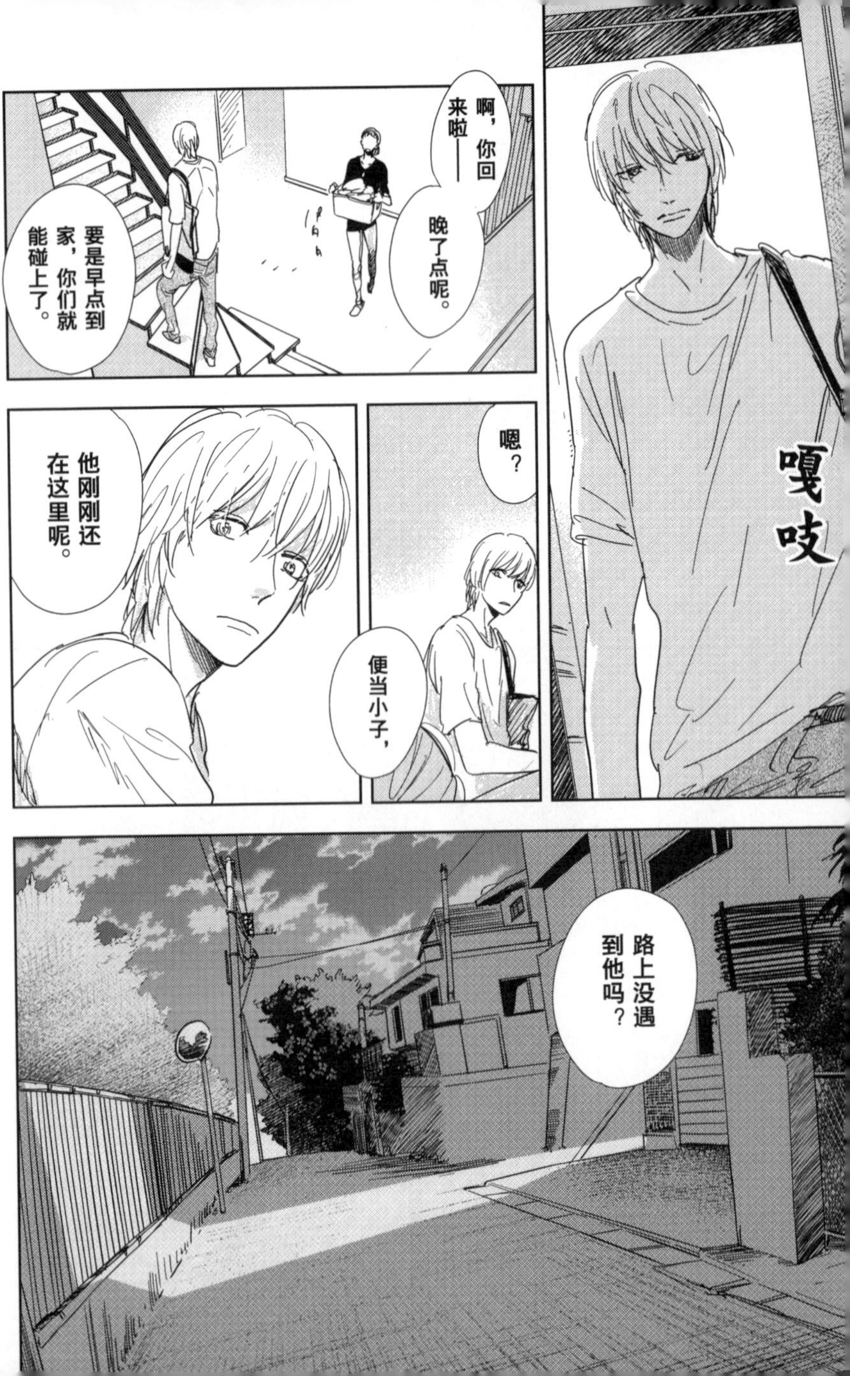
嘎吱
啊，你回来啦——
晚了点呢。
要是早点到家，你们就能碰上了。
嗯？
便当小子，
他刚刚还在这里呢。
路上没遇到他吗？

咣当
那个……你没事吧？
……
往返医院看病比住院更辛苦呢。

什么时候开始的？
暑假结束前几天。
因为他很擅长读唇语，
外人都察觉不到他的变化。
不知道这对他来说是不是好事。
那家伙，
为什么什么都不说啊？
佐川？
怎么在发呆？
没事吧？
啊，没有。
不好意思，你都这么累了，
还要麻烦你把外面的货品搬到屋里。
快要下雨了。
好的。
美穗——
抖

抱歉，我现在要打个电话。
雷鸣
没事。
啊，要下雨了呢。
呃
……吓我一跳。
『你做了什么惹他讨厌的事吗？』
滴
答
『你对她有兴趣吗？』
『有啊，所以帮我介绍吧。』
那家伙，
他喜欢美穗吗？
啪
嗒
啪
嗒

但是我却
拒绝了他。
啪嗒
啪嗒
他生气了吗？
啪嗒
不对，
他误以为我也喜欢美穗，
觉得自己碍事了吧？
哗
哗
毕竟他就是那样的人啊。

啊，太一——
终于找到你了，你怎么不接电话啊？
喘
啊——糟糕我把手机落下了。
咦？
你在干啥啊？手机掉在哪儿了？
离文化节还有20天
估计落在店里了，话说你找我干吗？
想请你来打工啊。
打工？
对，整理电影社的库存品。
文化节之前要忙的事太多，
人手也不够。
咔嗒咔嗒

确认过影片内容再倒带，然后把磁带放回箱子里。
哇——好烦琐……
现在已经没人用 VHS 磁带了吧？
笨蛋，所以这些带子才珍贵啊。
说起来，你后来去了吗？
咔嗒
杉原的家。
咔嗒
去是去了，没见到他。
果然还是我不好。
怎么，出什么事了？
你为什么这么在意杉原那小子啊？

航平他，
头脑聪明，住在大房子里，又很受女生欢迎，
谁都会觉得他很厉害吧？
我可不喜欢这种现充！
好想揍他
光听描述，我原本以为他是那种惹人厌的家伙，
但是他一点儿自信也没有，
从不和别人扯上关系，
独自承受一切。
啊？你在说啥？
真是——烦死了！
唔
我去开窗。
砰
所以说，就因为他的听力不太好，
遭遇了许多不愉快，
使他失去了自信。

这太浪费了吧。
好奇怪，
听不清楚难道有错吗？
航平是个好人啊，
虽然他不爱说话，个性冷淡，但其实非常善良，
大家都不知道他有多么努力，
他笑起来又是什么样子，

既然对这些事一无所知，
就不要擅自评判他啊！
你们都对他置之不理，
所以，
我就想着不能抛下他一个人……
……所以我，
喂……
太一，
这样好吗？
怎么了？

说曹操，曹操到。
咔嗒
什么，
航……
这个，
你落在我家了。
咦？

谢……
拜拜。
啊！
等、
等等……
咔嗒
咔嗒
等一下啦！
哐当
哐当
你听到刚才我说的话了吧！
哐当
喂，
听到了吗？
航平！

听到什么？
你知道的吧，我的听力又变差了。
即使有人说话，我也听不见。
啊……
抱歉，骗你的。
……
是这样啊。

别的声音
都听不到了，
唯独你的声音
却听得清清楚楚……
为什么……
事到如今，
还说那样的话……
太狡猾了……

什么……
谁才是狡猾的人啊？
是你才对吧！
你发那种没头没尾的短信给我，不就是想和我绝交吗！
总是什么也不告诉别人！
反正说了你也不会懂的……
那又怎么样？
就算不能全部弄懂，
我还是会去努力理解你的。
从那时起，
可你什么都不讲，别人当然明白不了啊。
比如说美穗的事，
你得好好表明自己的心意啊。

求求你不要再一个人默默忍耐了！
好好地告诉对方，不要一开始就放弃……
……
我不知道……
太一，你为什么哭？

你果然不懂啊，
真是迟钝。
可是我，
珍惜这样的你。

其实，
比起耳朵听不见，
我更害怕太一你不理我。
航……
抱歉，
终于说出口了。

一直以来，
真的很谢谢你。

嘁嘁
喳喳
嘁嘁
Culture Festival
文化节
喳喳
咦，
杉原同学？
你剪头发了？
可爱！
很适合。
尖叫—
尖叫—
嗯？
嗯？
啊，对了
这个！有空来看看吧。

那个，
社团还在招新吗？
当然！我们很欢迎新人。
怎么突然想来？
我想……或许不应该过早言弃。
嘁嘁
喳喳
嘁喳

航平——
沙沙
……听错了吗？
沙沙
我，怎么会……

又从天上掉下来啊。
沙沙
怎么啦，平凡的出场很奇怪吗？
太一……
啊——对了，稍等。
翻找
放在哪里了？
嘎吱

找到了！
等、等一下……那个……
没关系吗？
我说了那样的话，
你应该不想和我待在一起了吧？
我说啊，当时我是被吓了一跳，
也不知道该怎么办，想着这件事，连吃饭都忘记了，
想啊想……
可是不管想了多久，
我都找不出讨厌你、不理你的理由啊。

听见向阳之声 【完】

听 见

向 阳 之 声

I hear
the
sunspot

过来吧，太一，
今后你就和爷爷住在一起。
砰
喂
砰
喂
佐川，
报志愿的事，你有没有和家里人谈过——
啊……没有。
果然还是不行啊，毕竟我们家没钱。
所以我说有奖学金制度……
啊哈哈
可我没什么特别想去做的事，
就算上了大学……
砰砰

正因如此，才应该去上大学，
在那里寻找你想做的事情，
说不定会有新启发呢。
【番外·仍在半途】
啊——
山本小姐果然很好啊。

强势的个性超级对我胃口。
你这家伙文化节之后就一直这副德行。
呼——
我们还成了舞伴。
啊——我终于要迎来春天了吗……
已经听得耳朵都起茧了，对吧，太一……
寂——静
现在我只能想到吃……
你啊真是，比起美色更重食欲……
你们烦死啦！
啊。
好短暂的春天……
啊——啊
研讨课上，山本小姐和我在同一个小组。

吸溜
吸溜
我们见面讨论了下次的报告。
还有不少事要商量……
折（这）样哦，坠（最）近尼（你）挺忙的啊。
吸溜
……虽然不是很明白你的意思，
能请你吃完再讲话吗？
……
话说，为什么问起山本小姐？
因为小横吵着要我问你。
小横？
就是他啊。
嗯？
啊——
什么啊……
害我白担心了。

担心？什么事？
你是故意的吗？
迟钝过头会讨人厌的。
到底……什么意思！
对了，太一，你哪一天休息？
啥？
那个……
怎么感觉刚刚被耍了……
这周六傍晚之后应该有空……
要不要去看电影？
电影？
不要，我一进电影院就会睡着，好浪费钱。
电影票我请客。
我想看你跟我说过的那部电影。
希望和你一起去看。
我跟你说过的……？

喳喳
喊喊
砰
砰
摇铃的神明
啊——
这不就是美穗提到的那本小说！
喔，拍成电影了啊！
砰——
太一，声音太大了……
你对这玩意儿有兴趣？
不，是你把它告诉了我。
另外这部电影还为听障观众配备了专用字幕。

啊……
你是想和她一起来看吗？
啥？
你怎么还在说这种话……
已经解释过了，那是误会！
但其实你也很在意吧？
我才没有！
都是你说想和我一起看，我才来了！
嗯。
让你陪我来，是我任性了，抱歉啊。
我想和你一起看。

谢谢你过来……
为什么我就是
无法抵挡这句『谢谢』呢？
检查结果出来后告诉我。
不行了……
……
……
下次……
光线一暗就想睡觉……
但我不能承诺……
那就，将来……
在看哪里呢……

但我不能承诺，那……
啊——
字幕在那头，看得好辛苦啊……
就像写笔记一样，
要是……我能够……
『寻找你想做的事，』
为你做更多的事那就好了……

因为，
你是，
我的好朋友……
一……
太……
嗯？
电影结束了哦。
不会吧，真的假的？
你真的睡得很熟啊……
伸——
懒腰
抱歉！

然后呢？觉得怎么样？
挺有意思的。
比如说主人公练习手语那里。
最近我也开始学手语，所以很有亲切感。
幸亏我已经学会了不少，
咦——
就算没有字幕也能看懂那段情节。
不知道哪位说过自己不需要手语啊。
不要翻人旧账啊！

太一，你要不要试试？
我吗？
手语的重点在于手势，所以我觉得你应该很适合。
什么意思……
举个例子，你喜欢的汉堡肉排是这个。
喂…
晃—
欸——
那么『好吃』怎么说？
模拟汉堡肉的形状
这样，
然后，
『吃得好饱』。
碰碰脸颊
揉
鼓起来的肚子
真的呢——你说得没错！
话说你的手语已经这么好了啊！
单词还可以，对话就有点吃力了。
我会用手指语*应付一下。
手指语？
音节都可以用手指动作来表示。
T－
AI－
YI

* 手指语：手语的一种，以手指的指式变化代表字母，按拼音顺序依次拼出词语，也称“指拼法”“手指拼法”，日本称其为“指文字”。

T-
AI-
YI？
少了根手指，这样子是『K』。
那这样？
不对，是这样……

我还没有
迟钝过头——
迟钝到那种程度——
握紧
不会了，
我不会再这么做了，

不会再做令人误会的事了。
要是，

我们一直这样也挺好的啊。
嗯？什么？
刚刚你说了什么？
啊——哎呀——我饿扁啦！
等等，太一……
仍在途中 【完】

图书在版编目（CIP）数据

听见向阳之声 /（日）文乃千著 ; 二时顷译 . -- 北京 : 国文出版社, 2025.（2025.4 重印） -- ISBN 978-7-5125-1672-4

Ⅰ . I313.45

中国国家版本馆 CIP 数据核字第 20243HD408 号

北京市版权局著作权合同登记 图字：01-2024-4461 号

听见向阳之声

作　　者	[日] 文乃千
译　　者	二时顷
责任编辑	雷　娜
责任校对	朱韵鸽
出版发行	国文出版社
经　　销	全国新华书店
印　　刷	河北鹏润印刷有限公司
开　　本	787 毫米 ×1092 毫米　　32 开 6 印张　　100 千字
版　　次	2025 年 3 月第 1 版 2025 年 4 月第 2 次印刷
书　　号	ISBN 978-7-5125-1672-4
定　　价	52.00 元

国文出版社
北京市朝阳区东土城路乙 9 号　　邮编：100013
总编室：（010）64270995　　传真：（010）64270995
销售热线：（010）64271187
传真：（010）64271187-800
E-mail：icpc@95777.sina.net

听见向阳之声

I hear the sunspot

fumino yuki

ひだまりが聴こえる

NEW

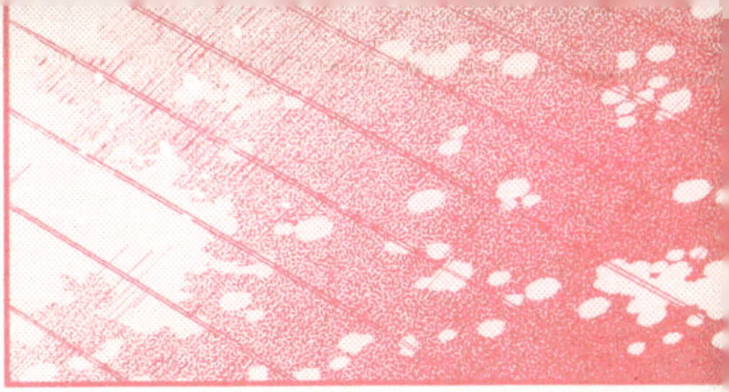

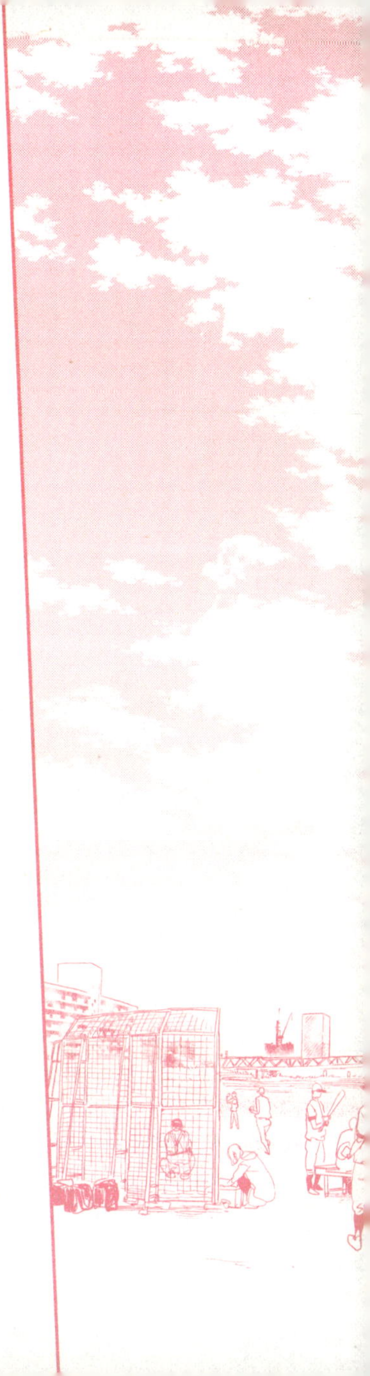

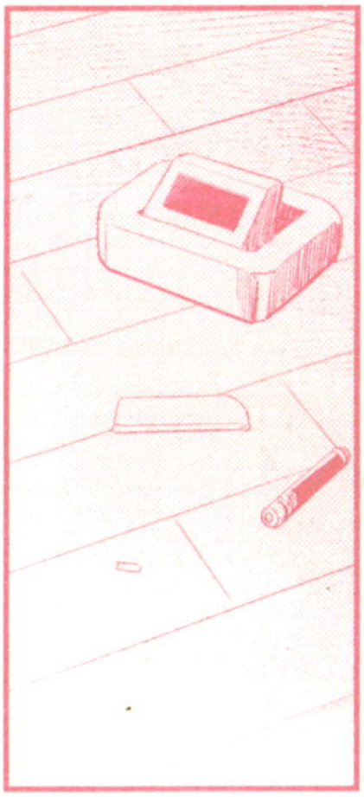